EL LUGAR

colección andanzas

Obras de Annie Ernaux
en Tusquets Editores

Pura pasión
El acontecimiento
La vergüenza
El lugar

ANNIE ERNAUX

EL LUGAR

Traducción de Nahir Gutiérrez

Obra editada en colaboración con Editorial Planeta – España

Título original: *La Place*

Annie Ernaux

Bajo el sello editorial TUSQUETS M.R.
Avenida Presidente Masarik núm. 111,
Piso 2, Polanco V Sección, Miguel Hidalgo
C.P. 11560, Ciudad de México
www.planetadelibros.com.mx

Diseño de la colección: Guillemot-Navares

Primera edición impresa en España: abril de 2002
Primera edición impresa en España en esta presentación: marzo de 2020
ISBN: 978-84-9066-801-6

Primera edición impresa en México: octubre de 2022
ISBN: 978-607-07-9638-8

Impreso en los talleres de Impregráfica Digital, S.A. de C.V.
Av. Coyoacán 100-D, Valle Norte, Benito Juárez
Ciudad De Mexico, C.P. 03103
Impreso y hecho en México – *Printed and made in Mexico*

Se me ocurre una explicación: escribir es el
último recurso cuando se ha traicionado.

JEAN GENET

Hice los exámenes prácticos de aptitud pedagógica en un instituto de Lyon, por la zona de la Croix-Rousse. Un instituto nuevo, con plantas en la parte reservada a la administración y al cuerpo docente, y una biblioteca con el suelo enmoquetado de color arena. Allí esperé a que vinieran a buscarme para dar mi clase, objeto del examen, ante el inspector y dos asesores, profesores de letras muy reputados. Una mujer corregía exámenes resueltamente, sin dudar. Me bastaba con salir airosa la siguiente hora para poder hacer lo mismo que ella durante toda mi vida. Ante una clase de bachillerato de ciencias expliqué veinticinco líneas —había que numerarlas— de *Papá Goriot,* de Balzac. «Me temo que no ha sabido despertar el interés de sus alumnos», me reprochó el inspector más tarde, en el despacho del director. Estaba sentado entre los dos asesores, un hombre y una mujer miope con zapatos de color rosa. Yo, enfrente. Durante un cuarto de hora alternó críticas, elogios, consejos, y yo apenas escuchaba, preguntándome si todo eso significaba que estaba aprobada. De pronto, los tres se pusieron de pie a la vez, como en un mismo impulso, con el semblante grave. Yo me levanté también, de forma precipitada. El inspector me tendió la mano. Después, mirándome fijamente a la cara dijo: «Señora, la felicito». Los otros repitieron «la felicito» y me estrecharon la mano, la mujer con una sonrisa.

No dejé de pensar en aquella ceremonia hasta la parada del autobús, con rabia y con una especie de vergüenza. Esa misma noche escribí a mis padres que ya era profesora «titular». Mi madre me respondió que se alegraban mucho por mí.

Mi padre murió exactamente dos meses después. Tenía sesenta y siete años y regentaba con mi madre un café-colmado en un barrio tranquilo, no lejos de la estación, en Y... (en el departamento del Seine-Maritime). Contaba con retirarse en un año. A menudo, durante unos segundos, ya no sé si la escena del instituto de Lyon tuvo lugar antes o después, si el mes de abril ventoso en que me veo esperando el autobús en la Croix-Rousse debe preceder o seguir al asfixiante mes de junio de su muerte.

Fue un domingo, a primera hora de la tarde.

Mi madre apareció en lo alto de la escalera. Se enjugaba los ojos con la servilleta que seguramente se había llevado consigo al subir a la habitación después de comer. Dijo con voz neutra: «Se acabó». No me acuerdo de los minutos posteriores. Únicamente vuelvo a ver los ojos de mi padre fijos en algo detrás de mí, lejos, y sus labios encogidos por encima de las encías. Creo que le pregunté a mi madre si le cerrábamos los ojos. Junto a la cama estaban también la hermana de mi madre y su marido. Se ofrecieron para ayudar a asearlo y a afeitarlo, porque había que darse prisa antes de que el cuerpo se pusiera rígido. A mi madre se le ocurrió que podíamos vestirlo con el traje que había estrenado para mi boda, tres años antes. Toda la escena se desarrollaba serenamente, sin gritos ni sollozos, mi madre solo tenía los ojos rojos y un rictus inalterable. Los gestos se sucedían tranquilamente, sin aspavientos, con palabras corrientes. Mi tío y mi tía repetían: «Realmente, ha sido muy rápido», o «Cómo ha cambiado». Mi madre se dirigía a mi padre como si aún estuviera vivo o lo habitara una extraña forma de vida, parecida a la de los recién nacidos. Varias veces le llamó «mi pobre papá» de forma cariñosa.

Después de afeitarlo, mi tío incorporó el cuerpo, lo sostuvo levantado para quitarle la camisa que había llevado esos últimos días y cambiársela por una limpia. La cabeza le caía hacia delante, sobre el pecho desnudo, cubierto de manchas. Por primera vez en mi vida vi el sexo de mi padre. Mi madre lo disimuló rápidamente con los faldones de la camisa limpia y, como riéndose un poco, musitó: «Esconde tus miserias, pobrecito mío». Acabado el aseo, juntaron las manos de mi padre alrededor de un pequeño rosario. Ya no sé si fue mi madre, o mi tía, quien dijo: «Así está mejor», es decir, limpio, decoroso. Yo cerré las persianas y fui a levantar a mi hijo de su siesta en la habitación de al lado. «El abuelo está dormidito.»

Avisada por mi tío, vino la familia que vivía en Y... Subían con mi madre y conmigo y se quedaban silenciosos ante la cama durante unos instantes, luego susurraban unas palabras sobre la enfermedad y el duro final de mi padre. Cuando bajaban, les ofrecíamos algo de beber en el café.

No me acuerdo del médico de guardia que certificó la defunción. En unas horas, el rostro de mi padre se hizo irreconocible. A última hora de la tarde me quedé sola en la habitación. El sol se filtraba a través de las persianas sobre el linóleo. Ya no era mi padre. La nariz se veía desproporcionada en aquella cara hundida. El rostro de hombre que tenía una hora después de morir, con sus grandes ojos abiertos y fijos, ya había desaparecido. Tampoco ese rostro volveré a verlo.

Empezamos a organizar el entierro, el tipo de pompas fúnebres, la misa, las esquelas, la ropa de luto. Me daba la impresión de que aquellos preparativos no tenían nada que ver con mi padre. Una ceremonia de la que, por alguna razón, él estaría ausente. Mi madre se encontraba en un estado de gran excitación y me confió que, la noche anterior, mi padre la había buscado a tientas, cuando él ya ni siquiera hablaba. Añadió: «¿Sabes?, de joven era un chico muy guapo».

El olor llegó el lunes. Jamás lo hubiera imaginado. Un leve hedor primero, después horrible, de flores olvidadas en un jarrón con agua podrida.

Mi madre solo cerró la tienda para el entierro. Si no, hubiera perdido clientes y no podía permitírselo. Mi padre muerto descansaba arriba mientras ella servía licores y vino tinto abajo. Lágrimas, silencio y dignidad, así es como hay que comportarse ante la muerte de un ser querido según la concepción elegante del mundo. Mi madre, como el resto del vecindario, cumplía esas reglas sociales con las que la dignidad no tiene nada que ver. Entre la muerte de mi padre el domingo y el entierro el miércoles, cada parroquiano, tan pronto como se sentaba, comentaba el suceso lacónicamente, en voz baja: «Parece mentira, tan rápido...», o con falsa jovialidad: «Así que el patrón se rindió». Explicaban su emoción al enterarse de la noticia: «Me dejó trastornado», «Sentí algo, no sé...». Querían demostrarle a mi madre que no estaba sola en su dolor, una forma de cortesía. Muchos recordaban la última vez que le habían visto sano y rastreaban todos los detalles de ese último encuentro, el lugar exacto, el día, el tiempo que hacía, lo que se dijeron. Esa minuciosa evocación de un instante en el transcurrir de la vida servía para poner de manifiesto lo inexplicable de la muerte de mi padre. También, por cortesía, querían ver al patrón. Sin embargo, mi madre no accedió a todas las peticiones. Ella distinguía entre los buenos, movidos por un afecto sincero, y los malos, empujados por la curiosidad. Prácticamente todos los parroquianos del café tuvieron permiso para decir adiós a mi padre. Menos la esposa de un empresario, vecino nuestro, porque mi padre nunca la había soportado cuando estaba vivo, a ella y su boquita de piñón.

Los de pompas fúnebres vinieron el lunes. La escalera que sube de la cocina a las habitaciones resultó ser demasiado estrecha para que pasara el féretro. Tuvieron que envolver el cuerpo en una bolsa de plástico y, más que llevarlo, arrastrarlo por los escalones hasta el ataúd colocado en el centro del café, que había cerrado durante una hora. Tardaron un buen rato en bajarlo, en medio de los comentarios de los empleados acerca de la mejor manera de hacerlo, de cómo girar en el descansillo, etcétera.

En la almohada seguía hundida la parte donde él había apoyado la cabeza desde el domingo. Mientras el cuerpo estuvo allí, no habíamos arreglado la habitación. La ropa de mi padre todavía estaba encima de la silla. Del bolsillo de su mono de trabajo saqué un fajo de billetes, la recaudación del miércoles anterior. Tiré los medicamentos y llevé la ropa a lavar.

La víspera del entierro hicimos ternera guisada para la comida que seguiría a la ceremonia. Hubiera sido una falta de delicadeza para con la gente que te hace el honor de asistir al funeral dejarla volver a casa con el estómago vacío. Mi marido llegó por la tarde, bronceado, incómodo por un luto que no sentía como suyo. Se le veía más fuera de lugar que nunca. Dormimos en la única cama de matrimonio, aquella en la que había muerto mi padre.

En la iglesia había mucha gente del barrio, mujeres que no trabajan, obreros que se habían tomado una hora libre. Por supuesto, ninguna de las personas de buena posición con las que mi padre tuvo algún trato se tomó la molestia de ir, y tampoco otros comerciantes. Él no formaba parte de ninguna asociación, pagaba su cuota a la unión comercial, sin participar en nada. En la oración fúnebre, el cura habló de «una vida de honestidad, de trabajo», de «un hombre que nunca hizo daño a nadie».

Llegó el momento de recibir el pésame. Por un error del sacristán que se encargaba de ello —a menos que concibiera aquella estrategia de dar una vuelta extra para aparentar un mayor número de asistentes—, las mismas personas que ya nos habían estrechado la mano volvieron a pasar. Esta vez, una ronda rápida y sin condolencias. En el cementerio, cuando bajaron el féretro, oscilando entre las cuerdas, mi madre estalló en sollozos, como el día de mi boda durante la misa.

La comida posterior al entierro tuvo lugar en el café, en las mesas dispuestas una a continuación de la otra. Al principio, todo el mundo estaba muy callado, luego la gente empezó a hablar. Mi hijo, que acababa de despertarse de una buena siesta, se acercaba a unos y otros ofreciéndoles una flor, piedrecitas, todo lo que encontraba por el jardín. El hermano de mi padre, sentado bastante lejos de mí, se inclinó para poder verme y me soltó: «¿Te acuerdas de cuando tu padre te llevaba en bicicleta a la escuela?». Tenía la misma voz que mi padre. Hacia las cinco, los invitados se fueron. Ordenamos las mesas sin hablar. Mi marido tomó el tren de vuelta esa misma noche.

Yo me quedé unos días con mi madre para las gestiones y formalidades habituales después de un deceso. Registro en el libro de familia, en el ayuntamiento, pago de los servicios funerarios, contestar a la gente que nos había dado el pésame. Nuevas tarjetas de visita: «Señora *viuda* de A... D...». Un periodo en blanco, sin pensar. Varias veces, mientras caminaba por la calle, me decía a mí misma: «Ya eres una persona mayor» (como cuando mi madre, tiempo atrás, me comentó: «Ya eres una mujer», al venirme la regla).

Sacamos toda la ropa de mi padre para repartirla entre la gente que pudiera necesitarla. En su chaqueta de diario, colgada en la bodega, encontré su cartera. Dentro había algo de dinero, el carnet de conducir y una foto metida dentro de un recorte de periódico. La foto, antigua, de esas de bordes dentados, mostraba un grupo de obreros alineados en tres filas mirando al objetivo, todos con gorra. La típica foto de los libros de historia para «ilustrar» una huelga o el Frente Popular. Reconocí a mi padre en la última fila, el semblante serio, preocupado. Muchos están riendo. El recorte de periódico eran los resultados, por orden de mérito, de las pruebas de acceso de los bachilleres a la Escuela Oficial de Magisterio. El segundo nombre era el mío.

Poco a poco, mi madre se tranquilizó. Servía a los clientes como antes. Sola, se la veía abatida. Adquirió la costumbre de ir al cementerio cada mañana temprano, antes de abrir la tienda.

En el tren de vuelta, el domingo, yo intentaba entretener a mi hijo para que estuviera tranquilo, a los pasajeros de primera no les gustan el ruido ni los niños que no paran quietos. De pronto, pensé con estupor: «Ahora sí que soy una auténtica burguesa» y «Es demasiado tarde».

Después, en el transcurso del verano, mientras esperaba mi primer empleo, pensé: «Tendré que contar todo esto». Quería hablar, escribir sobre mi padre, sobre su vida, y esa distancia que surgió entre él y yo durante mi adolescencia. Una distancia de clase, pero especial, que no tenía nombre. Como el amor dividido.

Así que empecé una novela en la que él era el protagonista. Sensación de asco a mitad de la narración.

Poco después me doy cuenta de que la novela es imposible. Para contar una vida sometida por la necesidad no tengo derecho a tomar, de entrada, partido por el arte, ni a intentar hacer algo «apasionante», «conmovedor». Reuniré las palabras, los gestos, los gustos de mi padre, los hechos importantes en su vida, todas las señales objetivas de una existencia que yo también compartí.

Nada de poesía del recuerdo, nada de alegre regocijo. Escribir de una forma llana es lo que me resulta natural, es como les escribía en otro tiempo a mis padres para contarles las noticias más importantes.

La historia comienza unos meses antes del siglo XX, en un pueblo de la región normanda del País de Caux, a veinticinco kilómetros del mar. Los que no poseían tierras *se arrendaban* a los grandes granjeros de la región. Así pues, mi abuelo trabajaba en una granja como carretero. En verano también segaba el heno y se ocupaba de la recolección. No hizo otra cosa en su vida desde que tenía ocho años. El sábado por la noche entregaba a su mujer toda la paga y ella le daba la semanada para ir a jugar al dominó, tomarse unos vinos. Volvía borracho, aún más sombrío. Por cualquier cosa repartía gorrazos a los críos. Era un hombre duro, nadie se atrevía a buscarle las cosquillas. Su mujer *no era precisamente feliz*. Esa maldad era su energía vital, su fuerza para soportar la miseria y sentirse un hombre. Lo que más le irritaba era ver en su casa a alguien de su familia ensimismado en un libro o en un periódico. Él no había tenido tiempo de aprender a leer y a escribir. Contar sí sabía.

Yo solo vi a mi abuelo una vez, en el asilo donde moriría tres meses después. Mi padre me llevó de la mano por entre dos hileras de camas, en una sala inmensa, hacia un viejecito de hermosa cabellera blanca y rizada. Reía continuamente mientras me miraba, con mucha simpatía. Mi padre le pasó una botella de cuarto de aguardiente, que él deslizó enseguida bajo las sábanas.

Siempre que me hablaban de él comenzaban por lo de que «no sabía leer ni escribir», como si su vida y su carácter no se comprendieran sin esa circunstancia inicial. Mi abuela sí que aprendió, lo hizo en la escuela de monjas. Como otras mujeres del pueblo, tejía en casa para una fábrica de Ruan, en una habitación sin ventilación, sin más claridad que la de unas ventanas alargadas, un poco más anchas que troneras. La luz no debía estropear los tejidos. Era una mujer limpia y muy de su casa, cualidad muy apreciada en un pueblo donde los vecinos vigilaban la blancura y el estado de la ropa tendida a secar, y sabían si se vaciaban los orinales todos los días. Aunque las casas estaban separadas unas de otras por setos y desniveles, nada escapaba a la vista de la gente, ni la hora a la que el marido había vuelto del bar, ni la semana en que los paños higiénicos debían balancearse al aire.

Mi abuela tenía incluso cierta clase, en las fiestas llevaba un falso culo, hecho de cartón, y no meaba de pie, bajo las faldas, como hacía la mayoría de las mujeres del campo por comodidad. Cuando rondaba los cuarenta años, después de cinco hijos, la asaltaron pensamientos oscuros y dejó de hablar durante días. Más tarde, reúma en las manos y en las piernas. Para curarse iba a ver a san Riquier, a san Guillermo del Desierto, y frotaba la estatuilla con un paño que se aplicaba luego en las partes enfermas. Poco a poco dejó de caminar. Alquilaban un coche de caballos para llevarla a los santos.

Vivían en una casa baja, con techo de caña y suelo de tierra batida. Bastaba con regar antes de barrer. Vivían de lo que sacaban de la huerta y el gallinero, de la mantequilla y la nata que el granjero daba a mi abuelo. Pensaban con meses de antelación en las bodas y las comuniones, a las que acudían con el estómago vacío de tres días para aprovechar mejor. Un niño del pueblo, convaleciente de escarlatina, murió ahogado por los vómitos de trozos de pollo y pavo con que le habían atiborrado. En verano, los domingos asistían a las «asambleas», donde se divertían y bailaban. Un día, mi padre se subió a la cucaña y se deslizó abajo sin haber desatado el cesto de las vituallas. La cólera de mi abuelo duró horas: «*¡Serás zoquete!*».

La señal de la cruz sobre el pan, la misa, la pascua. Al igual que la limpieza, la religión les otorgaba dignidad. El domingo se vestían con esmero, cantaban el credo al mismo tiempo que los grandes granjeros, echaban dinero en el cesto de la colecta. Mi padre era monaguillo, le gustaba acompañar al cura a llevar el viático. Todos los hombres se descubrían a su paso.

Los críos siempre tenían lombrices. Para expulsarlas, se cosía dentro de la camisa, cerca del ombligo, una bolsita llena de ajo. En invierno, algodón en los oídos. Cuando ahora leo a Proust o a Mauriac, no creo que evoquen los tiempos en que mi padre era niño. El panorama de mi padre era de la Edad Media.

Recorría dos kilómetros a pie para ir a la escuela. Cada lunes, el maestro les inspeccionaba las uñas, el cuello de la camiseta, el pelo, por si había piojos. Enseñaba con dureza, atizando con la regla de hierro en los dedos, *le respetaban*. Algunos de sus alumnos superaban el bachillerato entre los primeros de la comarca, uno o dos llegaban a la Escuela Oficial de Magisterio. Mi padre se perdía algunas clases porque tenía que ir a recoger las manzanas, agavillar el heno y la paja, por culpa de todo aquello que se siembra y se recoge. Cuando volvía a aparecer por la escuela, con su hermano mayor, el maestro aullaba: «¡Así que vuestros padres quieren que vosotros seáis tan miserables como ellos!». Consiguió saber leer y escribir sin faltas. Le gustaba aprender. (Se decía «aprender», a secas, como beber o comer.) También dibujar, cabezas, animales. A los doce años estaba en el último curso de primaria. Mi abuelo lo sacó de la escuela para colocarlo en la misma granja que él. Ya no se le podía seguir alimentando por no hacer nada. «No se pensaba en ello: era así para todos.»

El libro de lectura de mi padre se llamaba *Le tour de la France par deux enfants* [La vuelta a Francia de dos niños]. En él pueden leerse frases extrañas como:

> «Aprender a ser siempre felices con nuestra suerte» (pág. 186 de la 326 edición).

> «Lo más hermoso de este mundo es la caridad del pobre» (pág. 11).

> «Una familia unida por el cariño posee la mejor de las riquezas» (pág. 260).

> «Lo que proporciona mayor felicidad de la riqueza es que permite aliviar la pobreza del prójimo» (pág. 130).

El colmo de la lectura de los niños pobres era esto:

> «El hombre trabajador no pierde un minuto y, al final de la jornada, se da cuenta de que cada hora le ha aportado algo. El negligente, por el contrario, deja siempre el esfuerzo para otro momento: en todas partes se duerme y se olvida, lo mismo en la cama, que sentado a la mesa, que durante la conversación; el día llega a su fin y no ha hecho nada; los meses y los años se van, la vejez llega, él está donde estaba».

Es el único libro que mi padre recuerda, «Aquello nos parecía verdadero».

Así que se puso a ordeñar las vacas a las cinco de la mañana, a limpiar las cuadras, los caballos, a ordeñar las vacas por la noche. A cambio, iba aseado, le daban de comer y tenía alojamiento y algo de dinero. Dormía encima del establo, sobre un montón de paja, sin sábanas. Los animales sueñan, durante toda la noche patean el suelo. Él pensaba en la casa de sus padres, un lugar ahora prohibido. Una de sus hermanas, criada para todo, aparecía a veces en la verja, con su hatillo, sin decir palabra. El abuelo blasfemaba, ella era incapaz de explicar por qué, una vez más, había abandonado su puesto. Esa misma noche, él volvía a llevarla a casa de sus patrones, avergonzado.

Mi padre era de carácter alegre, juguetón, siempre dispuesto a contar historias, gastar bromas. En la granja no había nadie de su edad. El domingo ayudaba a misa junto con su hermano, vaquero como él. Frecuentaba las «asambleas», bailaba, se encontraba con los compañeros de la escuela. *Éramos felices a pesar de todo. Teníamos que serlo.*

Siguió siendo mozo de granja hasta que hizo el servicio militar. Las horas de trabajo no se contaban. Los granjeros escatimaban en la comida. Un día, la tajada de carne servida en el plato de un viejo vaquero se movió ligeramente, debajo había un montón de gusanos. Acababa de sobrepasarse lo soportable. El viejo se levantó y exigió que dejaran de tratarlos como a perros. Le cambiaron la carne. Tampoco era *El acorazado Potemkin*.

De las vacas de la mañana a las de la noche, la llovizna de octubre, las cubas de manzanas que se volcaban en el lagar, recoger la gallinaza con enormes palas, sentir calor y sed. Pero también el roscón de reyes, el *Almanaque Vermot,* las castañas asadas, el martes de carnaval no te vayas que haremos crepes con la sidra de casa, y reventaremos ranas hinchándolas con una paja. Sería fácil hacer cosas como esas. El eterno ciclo de las estaciones, las alegrías sencillas y el silencio de los campos. Mi padre trabajaba la tierra de otros, no le vio la belleza; el esplendor de la Madre Tierra y otros mitos como ese debieron de pasarle inadvertidos.

Cuando llegó la guerra del Catorce, en las granjas no quedaron más que chavales como mi padre y ancianos. Los protegían. Él seguía el avance de los ejércitos en un mapa colgado en la cocina, descubría entonces las revistas picantes e iba al cine en Y... Todo el mundo leía en voz alta el texto bajo las imágenes, a muchos no les daba tiempo de llegar al final. Empleaba las palabras de argot que su hermano traía cuando venía de permiso. Las mujeres del pueblo vigilaban cada mes la colada de las que tenían el marido en el frente, para verificar que no faltaba nada, ninguna pieza de ropa.

La guerra cambió el curso de los acontecimientos. En el pueblo se jugaba al yoyó y en los cafés se bebía vino en vez de sidra. A las muchachas, cuando iban al baile, cada vez les gustaban menos los mozos de granja, que despedían siempre aquel olor.

Gracias al servicio militar, mi padre entró en el mundo. París, el metro, una ciudad de Lorena, un uniforme que los hacía a todos iguales, compañeros llegados de todas partes, el cuartel, grande como un castillo. Pudo cambiarse los dientes corroídos por la sidra. Iba a que le hicieran fotos a menudo.

Cuando regresó, ya no quiso volver a los cultivos; el otro sentido de cultivarse, el espiritual, le resultaba del todo inútil.

Naturalmente, no había más opción que la fábrica. Al acabar la guerra, Y... empezaba a industrializarse. Mi padre entró en una cordelería que empleaba a chicos y chicas a partir de los trece años. Era un trabajo limpio, al abrigo de las inclemencias del tiempo. Había aseos y vestuarios para cada sexo, horarios fijos. Después de sonar la sirena por la tarde era libre y ya no se notaba encima el olor de la leche. Había franqueado el primer círculo. En Ruan o en El Havre podían encontrarse empleos mejor pagados, pero hubiera tenido que abandonar a la familia, a la sacrificada madre, afrontar los peligros de una ciudad. Le faltaba valor: ocho años de animales y campos.

Como obrero era serio, es decir, que no era ni vago, ni bebedor ni juerguista. Cine y charlestón, pero nada de bares. Los jefes tenían un buen concepto de él, ni sindicatos ni política. Se compró una moto, cada semana ahorraba algo de dinero.

Mi madre debió de tener todo eso muy en cuenta cuando lo conoció en la cordelería, después de haber trabajado en una fábrica de margarina. Era alto, moreno, de ojos azules, andaba muy erguido. «Se lo tenía un poco creído», «Mi marido nunca ha parecido un obrero.»

Ella había perdido a su padre. Mi abuela tejía a domicilio, lavaba y planchaba ropa, para acabar de criar a los más pequeños de sus seis hijos. Los domingos, mi madre y sus hermanas compraban en la pastelería un cucurucho de restos de pasteles. No pudieron hacerse novios enseguida, porque mi abuela no quería que se le llevaran demasiado pronto a las hijas, pues con cada una se iban las tres cuartas partes de una paga.

Las hermanas de mi padre, que trabajaban en casas de familias burguesas, miraron a mi madre por encima del hombro. De las mujeres que trabajaban en las fábricas se decía que no sabían ni hacer su cama, y que eran unas busconas. En el pueblo les pareció que era de baja estofa. Quería copiar la moda de las revistas, fue de las primeras en cortarse el pelo, llevaba vestidos cortos y se pintaba los ojos y las uñas de las manos. Se reía mucho. En realidad, jamás se dejó toquetear en los lavabos, iba todos los domingos a misa y había bordado ella misma sus sábanas y su ajuar. Era una trabajadora espabilada, respondona. Una de sus frases favoritas decía: «Yo valgo tanto como esta gente».

En la foto de boda se le ven las rodillas. Mira fijamente al objetivo a través del velo que le rodea la frente. Se parece a Sarah Bernhardt. Mi padre está de pie, a su lado, con un bigotito y el «cuello duro de los domingos». No sonríen, ni uno ni otro.

Ella siempre fue muy vergonzosa con respecto al amor. No se hacían mimos ni se acariciaban. Delante de mí, él la besaba en la mejilla dando un golpe brusco con la cabeza, como por obligación. Le decía a menudo cosas muy normales pero mirándola fijamente, ella bajaba la mirada y aguantaba la risa. Cuando crecí, entendí que le estaba haciendo alusiones sexuales. Él tarareaba a menudo *Parlez-moi d'amour,* ella los volvía locos en las comidas familiares cantando *Aquí está mi cuerpo para amarte.*

Él había aprendido la condición básica para no reproducir la infelicidad de sus padres: no dejarse *anular* por una mujer.

Alquilaron una casa en Y..., en una manzana de viviendas que por un lado daban a una calle con mucho tráfico y por el otro a un patio comunitario. Dos habitaciones abajo y dos en el piso de arriba. Era, sobre todo para mi madre, un sueño hecho realidad, «habitaciones arriba». Con los ahorros de mi padre tuvieron todo lo preciso, un comedor, una habitación con un espejo de luna. Nació una hija y mi madre se quedó en casa. Se aburría. Mi padre encontró un trabajo mejor pagado que el de la cordelería, reparando tejados.

Fue ella quien tuvo la idea el día que trajeron a mi padre sin habla, con una fuerte conmoción, después de caerse de una estructura que estaba reparando. Montar un negocio. Empezaron a ahorrar de nuevo, mucho pan y mucho embutido. De entre todos los negocios posibles, solo podían escoger uno que no requiriera una inversión excesiva ni unos conocimientos concretos, nada más que la compra y la venta de mercancías. Una tienda que no fuera cara porque las ganancias son escasas. El domingo fueron en moto a ver los bares del barrio, los colmados-mercería del campo. Se informaban para asegurarse de que no hubiera competencia en los alrededores, tenían miedo de que les estafaran, de perderlo todo y *acabar siendo obreros de nuevo*.

En L..., a treinta kilómetros de El Havre, la niebla, en invierno, no se levanta durante todo el día, sobre todo en la parte más baja de la ciudad, a lo largo del río, en el valle. Un gueto obrero construido alrededor de una fábrica textil, una de las más grandes de toda la región hasta los años cincuenta, que pertenecía a la familia Desgenetais, y que a continuación compró Boussac. Al acabar la escuela, las muchachas entraban a trabajar en los telares, donde, más adelante, una guardería acogería a sus bebés desde las seis de la mañana. Las tres cuartas partes de los hombres también trabajaban allí. Al fondo de la cañada, el único café-colmado de todo el valle. El techo era tan bajo que, si levantabas la mano, alcanzabas a tocarlo. En las habitaciones reinaba tal oscuridad que había que tener la luz encendida en pleno día y, en el patio, minúsculo, un aseo desaguaba directamente al río. No es que el entorno les diera igual, pero *había que vivir*.

Pidieron un crédito y compraron el local.

Al principio, aquello fue Jauja. Hileras de alimentos y bebidas, cajas de paté, paquetes de galletas.

Sorprendidos incluso por ganar dinero con semejante facilidad, con tan poco esfuerzo físico, hacer pedidos, colocar, pesar, la nota, gracias, encantado. Los primeros días, al sonar la campanilla, se atropellaban los dos para ir a la tienda, multiplicaban las preguntas rituales tipo «¿algo más?». Se divertían, los llamaban «jefe», «jefa».

La duda llegó con la primera mujer que dijo en voz baja, cuando ya tenía la compra en la bolsa, ahora mismo me va un poco mal, ¿podría pagar el sábado? Luego llegó otra, y otra más. Un letrero o volver a la fábrica. El letrero de NO SE FÍA les pareció la menos mala de las soluciones.

Para salir adelante, sobre todo, nada de caprichos. Nunca aperitivos o abrir una caja de algo bueno si no era domingo. Se vieron obligados a mantener las distancias con los hermanos y hermanas a quienes antes habían agasajado para demostrarles que se lo podían permitir. El miedo permanente a acabar *comiéndose el negocio.*

A menudo, esos días de invierno yo llegaba de la escuela sofocada, muerta de hambre. En casa no había nada encendido. Estaban los dos en la cocina, él sentado a la mesa, mirando por la ventana, mi madre de pie, cerca de la cocina de gas. Un silencio espeso se me venía encima. Algunas veces él, o ella, sentenciaba: «Vamos a tener que vender». Ya no merecía la pena empezar a hacer los deberes. La gente iba a comprar *a otros sitios*, a la cooperativa, al falansterio, a cualquier parte. El cliente que, inocentemente, empujaba entonces la puerta, les parecía el colmo del escarnio. Recibido como un perro, pagaba por todos aquellos que no venían. El mundo entero nos abandonaba.

El café-colmado del valle no reportaba mucho más que una paga de obrero. Mi padre tuvo que emplearse en una obra de construcción en el bajo Sena. Trabajaba dentro del agua, con grandes botas. No era obligatorio saber nadar. Mi madre se ocupaba sola de la tienda durante el día.

Mitad comerciante, mitad obrero, de dos bandos a la vez, abocado al aislamiento y a la desconfianza. No estaba sindicado. Tenía miedo de las Cruces de fuego* que desfilaban por L... y de los rojos que le arrebatarían el negocio. Sus ideas se las guardaba para sí. *Para trabajar en la tienda no hacen falta las ideas.*

Se hicieron hueco poco a poco, viviendo apenas por encima de la miseria. El crédito los unía a las familias numerosas de clase obrera, a las más desfavorecidas. Viviendo a costa de la pobreza de los demás, pero con comprensión, negándose pocas veces a «ponerlo en la cuenta». También se sentían con *derecho a dar una lección* a los no previsores o a amenazar al crío que la madre enviaba expresamente en su lugar a hacer la compra del fin de semana, sin dinero: «Dile a tu madre que haga el favor de pagarme, si no, no le serviré más». Ya no estaban en el lado más humillado.

* *Les Croix-de-feu:* asociación de excombatientes franceses creada en 1927 bajo la presidencia del coronel François de La Rocque. De carácter derechista, antiparlamentaria y nacionalista, fue disuelta por el gobierno del Frente Popular en 1936, pero sus miembros se reagruparon en torno a De La Rocque para fundar el Partido Social Francés (PSF). *(N. de la T.)*

Ella era la «jefa» con todas las de la ley, vestida con su bata blanca. Él despachaba llevando el mono. Ella no decía, como otras mujeres, «mi marido me va a regañar si compro esto, o si voy a tal sitio». Ella *hacía maniobras* para que él volviera a misa, adonde dejó de ir cuando el servicio militar, para que perdiera *sus malas maneras* (es decir, maneras de campesino o de obrero). Él dejaba a su cargo los pedidos y las cuentas del negocio. Era una mujer que podía ir a cualquier parte o, dicho de otra manera, franquear las barreras sociales. Él la admiraba, pero se reía de ella cuando decía: «Tengo gases».

Él volvió a la refinería de petróleo Standard, en el estuario del Sena. Ganaba dinero. Durante el día no dormía bien por culpa de los clientes. Resoplaba, el olor del petróleo no se iba, lo llevaba dentro y le alimentaba. Dejó de comer. Ganaba mucho y tenía futuro. A los obreros les prometían un barrio de lo más hermoso, con baños y aseos en el interior de las casas, y jardín.

En el valle, las brumas del otoño persistían todo el día. Con las lluvias torrenciales, el río inundaba la casa. Para cazar las ratas de agua, mi padre compró una perra de pelo corto que les quebraba el espinazo de un mordisco.

«Había gente que estaba peor que nosotros.»

1936, el recuerdo de un sueño, el asombro ante un éxito que él nunca había sospechado, y, a la vez, la certeza resignada de que no podrían conservarlo.

El café-colmado nunca cerraba. Él despachaba durante sus vacaciones pagadas. La familia se presentaba a todas horas a darse atracones. Ellos, encantados de ofrecer al cuñado calderero o empleado de ferrocarril el espectáculo de la abundancia. A sus espaldas se les tachaba de ricos, que era lo mismo que insultarlos.

Él no bebía. Procuraba *mantenerse en su sitio*. Parecer más comerciante que obrero. En la refinería le ascendieron a capataz.

Escribo despacio. A medida que me esfuerzo en desvelar la verdadera trama de una vida dentro de un conjunto de hechos y de decisiones tengo la sensación de que pierdo el verdadero rostro de mi padre. El retrato tiende a ocupar todo el espacio; la idea, a avanzar por sí sola. Si, por el contrario, dejo que se deslicen las imágenes del recuerdo, vuelvo a verlo tal como era, su risa, su forma de andar, me lleva de la mano a la feria y los tiovivos me aterrorizan; todas las señales de una condición compartida con otros me resultan indiferentes. Una y otra vez me obligo a apartarme de la trampa de lo individual.

Desde luego no siento ningún placer al escribir, en este empeño por mantenerme lo más cerca posible de las palabras y las frases oídas, resaltándolas a veces con cursiva. No para indicarle al lector un doble sentido y ofrecerle la satisfacción de una complicidad, que yo rechazo en cualquiera de sus formas, nostalgia, patetismo o burla. Simplemente porque esas palabras y esas frases dibujan los límites y el color del mundo donde vivió mi padre, donde también viví yo. Y donde jamás se tomaba una palabra por otra.

La hija pequeña volvió un día de clase con dolor de garganta. La fiebre no bajaba, era difteria.

Al igual que los otros niños del valle, no estaba vacunada. Cuando murió, mi padre se encontraba en la refinería. A su regreso, lo oímos gritar desde lo alto de la calle. Estuvo embotado durante semanas; después, en accesos de melancolía, se quedaba mirando por la ventana, sentado en su sitio a la mesa, sin decir una palabra. Se *alarmaba* por nada. Mi madre hablaba secándose los ojos con un paño que sacaba de su bata, «sólo tenía siete años, ha muerto como un angelito».

Una foto tomada en el pequeño patio, al borde del río. Lleva una camisa blanca con las mangas remangadas, pantalón seguramente de franela, los hombros caídos, los brazos algo gruesos. Parece molesto, como por haber sido sorprendido por el objetivo sin que le hubiera dado tiempo a colocarse. Tiene cuarenta años. Nada en la foto da cuenta de los malos tiempos pasados ni de la esperanza. Únicamente los signos claros del paso del tiempo, algo de barriga, el pelo negro que clarea un poco en las sienes; y esos otros, más discretos, de la condición social, los brazos separados del cuerpo, los baños y el lavadero que un ojo pequeñoburgués no habría escogido como fondo para la foto.

En 1939 no le llamaron, demasiado viejo ya. Los alemanes incendiaron la refinería y él partió en bicicleta por los caminos mientras ella viajaba en un coche, estaba embarazada de seis meses. En Pont-Audemer recibió los impactos de un obús en la cara y fue a que le curaran en la única farmacia abierta. Los bombardeos continuaban. En las escaleras de la basílica de Lisieux, cubiertas de refugiados, lo mismo que toda la explanada de delante, encontró a su suegra y a sus cuñadas con sus hijos y cargadas de bultos. Creían estar a salvo. Cuando los alemanes los alcanzaron, él volvió a L... El colmado había sido completamente saqueado por los que no habían podido huir. Mi madre regresó también y yo nací al mes siguiente. En el colegio, cuando no entendíamos algo, nos llamaban los niños de la guerra.

Hasta mediados de los años cincuenta, en las comidas de las comuniones, en la cena de Navidad, recitarían a coro la epopeya de esa época, retomándola una y otra vez, siempre con los temas del miedo, de la muerte, del hambre, del frío durante el verano de 1942. *Había que vivir, a pesar de todo.* Cada semana, mi padre traía de un almacén a treinta kilómetros de L..., en un carricoche atado a su bicicleta, las mercancías que los mayoristas ya no repartían. Durante los bombardeos de 1944, incesantes en esa parte de Normandía, continuó yendo al aprovisionamiento, mendigando algo más para los ancianos, las familias numerosas, todos aquellos que estaban por debajo del mercado negro. En el valle lo consideraron el héroe del aprovisionamiento. Más adelante tuvo la certeza de haber desempeñado un papel importante, de haber vivido aquellos años de una forma muy especial.

El domingo cerraban la tienda, paseaban por el bosque, se iban de pícnic con su flan sin huevos. Me llevaba a hombros, cantando y silbando. Cuando sonaban las alarmas, nos metíamos debajo de la mesa de billar del café, con la perra. Después, cuando se hablaba de todo aquello, se tenía el convencimiento de que «era el destino». Cuando la Liberación, me enseñó a cantar *La Marsellesa,* añadiendo al final *«tas de cochons»,* para que rimara con *«sillon»*.* Como todo el mundo alre-

* El estribillo de *La Marsellesa* acaba con los versos: «*Qu'un sang impur / Abreuve nos sillons*», o sea, «que una sangre impura inunde

dedor, estaba muy alegre. Cuando se oía un avión, me sacaba a la calle de la mano y me decía que mirara al cielo, al pájaro: la guerra había terminado.

Llevado por el optimismo general de 1945, decidió dejar el valle. Yo enfermaba a menudo, el médico quería enviarme a un sanatorio. Vendieron el negocio para regresar a Y..., cuyo clima ventoso y la ausencia de cualquier río o arroyo les parecía beneficioso para la salud. El camión de mudanzas, con nosotros sentados delante, llegó a Y... en plena feria de octubre. Los alemanes habían quemado la ciudad y las casetas y las norias se alzaban entre los escombros. Durante tres meses vivieron en el apartamento de dos habitaciones, sin electricidad, con el suelo de tierra batida, que les prestó un familiar. Ningún negocio al alcance de sus posibilidades estaba a la venta. Él se las arregló para que el ayuntamiento le contratara para rellenar los agujeros causados por las bombas. Por la noche, apoyada en la barra donde se colgaban los trapos en las cocinas viejas, ella de-

---

nuestros surcos», a lo que, con sorna, se añadía *«tas de cochons»* («montón de cerdos»). *(N. de la T.)*

cía: «Qué situación». Él nunca contestaba. Por las tardes, ella me llevaba de paseo por toda la ciudad. El centro estaba destruido, las tiendas se habían instalado en casas particulares. Hay una imagen que da idea de la privación: una vez, ya de noche, en la vitrina de una pequeña ventana, la única iluminada de la calle, brillan unos caramelos de color rosa, ovalados, espolvoreados de blanco, en bolsitas de celofán. A eso no teníamos derecho, hacían falta varios cupones.

Encontraron un negocio de café-colmado-venta de madera y carbón en un barrio lejos del centro, a medio camino entre la estación y el asilo. Allí iba mi madre a hacer los recados cuando era pequeña. Una casa rural, modificada por el añadido de un edificio de ladrillo en un extremo, con un gran patio, un jardín y media docena de construcciones que hacían las veces de almacén. En la planta baja, la tienda se comunicaba con el café por una habitación minúscula de donde arrancaba la escalera para las habitaciones y el granero. Aunque se convirtió en la cocina, los clientes siempre utilizaron esa habitación como paso entre el colmado y el café. En los peldaños de la escalera, a la entrada de las habitaciones, estaban almacenados los productos que se estropeaban con la humedad: café, azúcar. En la planta baja no había ningún sitio privado. Los aseos se encontraban en el patio. Por fin vivíamos en un *ambiente saludable.*

Aquí acaba la vida de obrero de mi padre.

Había varios cafés cerca del suyo, pero ningún otro negocio de alimentación en un radio considerable. Durante mucho tiempo, el centro siguió en ruinas, los bonitos colmados de antes de la guerra estaban instalados en barracas amarillas. Nadie que pudiera *hacerles daño*. (Esta expresión, como tantas otras, es indisociable de mi infancia, y solo si me detengo a reflexionar, consigo despojarla de la amenaza que contenía entonces.) La población del barrio, no tan uniformemente obrera como en L..., estaba formada por artesanos, empleados del gas o de fábricas modernas, jubilados «económicamente débiles». Las diferencias entre la gente se acrecentaban. Edificios de piedra separados por verjas que bordean construcciones de una sola planta y cinco o seis habitaciones, con patio común. Por todas partes, pequeños huertos.

Un café de parroquianos, bebedores habituales que acuden antes o después del trabajo y cuya silla es sagrada, brigadas de albañiles, también algunos clientes que habrían podido, en su *situación*, escoger un establecimiento menos popular, un oficial de marina jubilado, un inspector de la seguridad social, o sea, gente *no arrogante*. La clientela de los domingos era distinta, familias enteras para el aperitivo, granadina para los niños, a eso de las once. Por la tarde, los viejos del asilo, libres hasta las seis, alegres y ruidosos, muy dados a cantar. A veces había que hacerlos dormir la mona sobre una manta, en una de las casitas del patio, para devolverlos presentables a las monjitas. El café, los domingos, hacía las veces de familia. Mi padre tenía conciencia de cumplir una función social necesaria, de ofrecer un lugar de ocio y de libertad a todos aquellos de los que decía: «No siempre han sido así», sin poder explicar claramente por qué habían acabado de esa manera.

Pero, desde luego, para aquellos que jamás hubieran estado allí, se trataba de un garito aburrido. A la salida de la vecina fábrica de ropa interior, las chicas venían a celebrar los cumpleaños, las bodas, las despedidas. Cogían del colmado paquetes de galletas y las mojaban en moscatel, y estallaban en carcajadas, dobladas en dos sobre la mesa.

Al escribir se estrecha el camino entre dignificar un modo de vida considerado inferior y denunciar la alienación que conlleva. Porque esas formas de vida eran las nuestras, y casi podía considerarse felicidad, pero también lo eran las humillantes barreras de nuestra condición (conciencia de que «en casa no estamos del todo bien»), me gustaría decir felicidad y alienación a la vez. O, más bien, la impresión de balancearse de un extremo a otro de esta contradicción.

En torno a los cincuenta, todavía joven, la cabeza bien erguida, el aire inquieto, como si temiera que la foto no saliera, viste un conjunto de pantalón oscuro y americana clara sobre una camisa y corbata. La foto fue tomada un domingo, porque, entre semana, vestía sus monos azules. De todas formas, las fotos se hacían siempre los domingos, había más tiempo e íbamos todos mejor vestidos. Yo aparezco a su lado, con un vestido de volantes, los dos brazos apoyados en el manillar de mi primera bicicleta, un pie en el suelo. Él tiene una mano colgando, la otra en la cintura. Al fondo, la puerta abierta del café, las flores en el alféizar de la ventana y debajo la placa de licencia de despacho de bebidas. Uno se fotografía con aquello que está orgulloso de poseer, la tienda, la bicicleta, después vendrá el 4CV, él con una mano sobre el techo, lo que le levanta exageradamente la americana. En ninguna foto ríe.

Comparado con los años de juventud, los turnos de ocho horas de la refinería y las ratas del valle, aquello era la evidencia de la felicidad.

Teníamos todo *lo que necesitábamos,* es decir, comíamos hasta saciarnos (la prueba es que se compraba carne cuatro veces a la semana), en la cocina y en el café, las únicas habitaciones en las que hacíamos vida, se estaba caliente. Dos trajes, uno para cada día, otro para los domingos (cuando el primero estaba gastado, el de los domingos *pasaba* a ser de diario). Yo tenía *dos* batas de colegio. *A la chiquilla no le falta de nada.* En el internado no podían decir que yo *fuera menos que las demás,* yo tenía *tanto* como las hijas de los agricultores o del farmacéutico, lo mismo en muñecas que en gomas de borrar, sacapuntas, zapatos de invierno forrados, rosario y misal.

Pudieron hacer mejoras en la casa, quitaron todo aquello que recordaba los viejos tiempos, las vigas vistas, la chimenea, las mesas de madera y las sillas de anea. Con su papel pintado de flores, su mostrador barnizado y brillante, las mesas y los veladores imitación de mármol, el café quedó limpio y alegre. Recubrieron con cerámica a cuadros amarillos y oscuros el parquet de las habitaciones. Durante mucho tiempo, la única contrariedad fue la fachada con su entramado de rayas blancas y negras, porque el revestimiento con argamasa quedaba por encima de sus posibilidades. Una de mis profesoras había dicho al pasar por delante que mi casa era bonita, una típica casa normanda. Mi padre creyó que lo decía por cortesía. Aquellos a los que les gustaban nuestras cosas antiguas, la bomba de agua en el patio, el entramado normando, seguramente querían impedir que tuviéramos esas cosas modernas que ellos ya tenían, agua corriente en el fregadero y un edificio blanco.

Pidió un préstamo para hacerse propietario de la casa y del terreno. Nadie de la familia lo había sido nunca.

Bajo la felicidad, la crispación de haberse ganado una buena posición con uñas y dientes. *No tengo cuatro brazos. Ni un minuto para ir a ningún lado. Yo la gripe la paso en pie, trabajando.* Etcétera. La cantinela de siempre.

Cómo describir la visión de un mundo donde todo *cuesta mucho*. Está el olor de la ropa limpia una mañana de octubre, la canción de moda en la radio zumbándote en la cabeza. De pronto, el vestido se engancha por el bolsillo en el manillar de la bicicleta y se rasga. El drama, los gritos, el día echado a perder. «¡Esta chiquilla *no tiene cuidado* con nada!»

Obligada sacralización de las cosas. Y detrás de todas las palabras, de unos y otros, también de las mías, la sospecha de las envidias y las comparaciones. Si yo decía: «Hay una chica que ha visitado los castillos del Loira», enseguida, enfadados, replicaban: «También tú tendrás tiempo de ir. Confórmate con lo que tienes». Una carencia continua, sin fondo.

Pero era querer por querer, no saber, en el fondo, qué es lo hermoso, qué es lo que debería gustarnos. Mi padre confiaba siempre en los consejos del pintor, del carpintero, para los colores y las formas, *esto es lo que se lleva.* Ni se planteaba que uno pudiera rodearse de cosas escogidas de una en una. En su habitación, ninguna decoración excepto fotos enmarcadas, tapetes hechos para el día de la madre y, encima de la chimenea, un busto grande de cerámica de un niño, que el vendedor de muebles les regaló por la compra de una rinconera.

Moraleja, *no hay que picar más alto de lo que se tiene.*

El miedo a sentirse *desplazado*, a pasar vergüenza. Un día, mi padre subió por error en primera con un billete de segunda. El revisor le hizo pagar el suplemento. Otro recuerdo vergonzoso: en el notario, tuvo que escribir el primer «leído y aprobado», no sabía exactamente cómo y se decidió por «leído y ha probado». Tortura, obsesión por esa falta durante todo el viaje de vuelta. La sombra de la indignidad.

En las películas cómicas de entonces, muchas veces el protagonista era un campesino, ingenuo, cateto, que, en la ciudad o en ambientes de la alta sociedad, lo hacía todo al revés (típicos papeles del actor de comedias Bourvil). Llorábamos de risa con las tonterías que decían y las meteduras de pata que llegaban a hacer y que representaban aquellas que uno mismo teme cometer. Una vez leí que Bécassine, estando de aprendiz, tenía que bordar un pájaro en un babero, y, en los otros, *ídem*, y resulta que bordó «ídem» en punto de abeja. Yo no estoy segura de que no hubiera bordado ídem también.

Ante gente que él juzgaba importante, se mostraba envarado, tímido, y jamás preguntaba nada.

O sea, se comportaba inteligentemente. Porque lo inteligente era reconocer nuestra inferioridad y rechazarla escondiéndola lo mejor posible. Nos pasamos una tarde entera preguntándonos qué habría querido decir la directora con: «Para representar ese papel, su hija vestirá *traje de calle*». Vergüenza por no saber lo que por fuerza hubiéramos sabido si no hubiéramos sido lo que éramos, inferiores.

Obsesión: *«¿Qué van a pensar de nosotros?»* (los vecinos, los clientes, todo el mundo).

Norma: escapar siempre a la mirada crítica de los otros, siendo muy educado, no expresando opinión alguna, controlando minuciosamente los estados de ánimo que pueden ponerte en evidencia. Él no miraba jamás las verduras de un huerto si el propietario estaba allí, trabajando, a no ser que se le invitara a hacerlo con un gesto, una sonrisa, un comentario. Nunca fue de visita, ni siquiera a ver a un enfermo en el hospital, sin haber sido invitado. No formulaba una sola pregunta que pudiera desvelar una curiosidad, una inquietud, que daría al interlocutor ventaja sobre nosotros. Pregunta prohibida: «¿Cuánto ha pagado por esto?».

Hablo a menudo en plural porque durante mucho tiempo también yo pensaba así y no sé cuándo dejé de hacerlo.

El *patois* había sido la única lengua de mis abuelos.

Hay gente que aprecia lo «pintoresco del *patois*» y del «francés popular». A Proust, por ejemplo, le encantaba subrayar las incorrecciones y las palabras antiguas que utilizaba Françoise. Lo estético es lo único que le importa, porque Françoise es su criada, no su madre. Pero él no sintió nunca cómo esos giros le venían espontáneamente a los labios.

Para mi padre, el *patois* era algo viejo y feo, un signo de inferioridad. Estaba orgulloso de haberse desembarazado de él en parte, incluso si su francés no era perfecto, era francés. En las verbenas de Y..., chistosos a los que se les daba bien la imitación, vestidos a la manera normanda, hacían *sketches* en *patois,* el público se reía. El periódico local tenía una crónica normanda para divertir a los lectores. Cuando el médico o cualquier otra persona *de buena posición* dejaba escapar en la conversación una expresión típica en dialecto *cauchois,* como por ejemplo *elle pète par la sente* (va ventoseando por el camino) en vez de *elle va bien* (va bien de vientre), mi padre le repetía satisfecho a mi madre la frase del doctor, feliz porque esa gente, tan *chic,* tenía todavía algo en común con nosotros, una pequeña inferioridad. Estaba convencido de que aquello se les escapaba. Porque a él siempre le había parecido imposible que se pudiera hablar correctamente de una forma espontánea, natural. Doctor o paciente, había que esforzarse, escucharse y únicamente en casa era uno libre de relajarse.

Parlanchín en el café y en familia, ante la gente que hablaba bien se callaba, o se paraba en medio de una frase preguntando: «¿No es así?» o, simplemente, «¿No?», y con un gesto de la mano invitaba al otro a continuar en su lugar. Hablaba siempre con precaución, con un miedo indecible a la palabra equivocada, porque causaba tan mal efecto como dejar escapar un pedo.

Sin embargo, también detestaba las frases grandilocuentes y las expresiones nuevas que «no significaban nada». Todo el mundo decía «Seguramente no» a cada momento, y él no entendía que se dijeran dos palabras que se contradecían. Al contrario de mi madre, que, ansiosa por demostrar que aprendía, se atrevía a experimentar sin vacilación alguna lo que acababa de oír o de leer, él se negaba a usar un vocabulario que no era el suyo.

De niña, cuando me esforzaba en hablar con un lenguaje pulido, tenía la impresión de lanzarme al vacío.

Uno de mis terrores imaginarios era tener un padre profesor que me obligara a hablar bien sin parar, separando las sílabas. Hablar con toda la boca.

Ya que la maestra me «corregía», yo quise más tarde corregir a mi padre, hacerle saber que *se parterrer* (darse al suelo) o *quart moins d'onze heures* (un cuarto menos de las once) no se decía. Montó en cólera. Y en otra ocasión: «¡Cómo no voy a necesitar que me corrijan si tú siempre hablas mal!». Yo lloraba. Él se disgustaba. Todo lo que tiene que ver con el lenguaje es, en mi recuerdo, motivo de resentimiento y de discusiones dolorosas, mucho más que lo relacionado con el dinero.

Era alegre.

Bromeaba con las clientas que se prestaban a la guasa. Chistes picantes siempre con doble sentido. Escatología. La ironía, desconocida. En la radio sintonizaba los programas de humoristas, los juegos. Siempre dispuesto a llevarme al circo, a las películas *tontas,* a los fuegos artificiales. En la feria subíamos en el tren de la bruja, el Himalaya, entrábamos a ver a la mujer más gorda del mundo y al liliputiense.

Jamás puso los pies en un museo. Se detenía ante un jardín bien cuidado, los árboles en flor, una colmena, miraba a las chicas rollizas. Admiraba las edificaciones inmensas, las grandes obras modernas (como el puente de Tancarville). Le gustaba la música del circo, los paseos en coche por el campo, es decir, que recorriendo el campo con la vista, las hayas, escuchando la orquesta del Bouglione, parecía feliz. La emoción que se experimenta oyendo una melodía, o ante un paisaje, no era sujeto de conversación. Cuando yo empecé a frecuentar la pequeña burguesía de Y..., lo primero que me preguntaban era acerca de mis gustos, el jazz o la música clásica, Tati o René

Clair, eso bastaba para hacerme comprender que había pasado a otro mundo.

Un verano me llevó tres días con la familia, cerca del mar. Caminaba, con los pies desnudos en las sandalias, se detenía a la entrada de los búnkeres, bebía cañas de cerveza en las terrazas de los cafés, y yo tomaba refrescos. Mató un pollo para mi tía, sujetándolo entre las piernas y hundiéndole las tijeras por el pico, la sangre espesa goteando en el suelo de la bodega. Se quedaban todos sentados a la mesa hasta media tarde, recordando la guerra, a sus padres, pasándose fotos en derredor de las tazas vacías. *«¡Que nos esperen allá muchos años!»*

Quizás una profunda inclinación a no preocuparse a pesar de todo. Él se buscó ocupaciones para alejarse de la tienda. Criar pollos y conejos, construirse un garaje, cobertizos. La disposición del patio se modificaba a menudo según sus deseos, los retretes y el gallinero cambiaron de sitio tres veces. Siempre aquellas ganas de demoler y de reconstruir.

Mi madre: «Qué quieres, es de pueblo».

Reconocía los pájaros por el canto y cada tarde miraba el cielo para saber qué tiempo haría, frío y seco si estaba rojo, lluvia y viento si la luna estaba en medio del agua, es decir, metida entre las nubes. Pasaba las tardes en su huerto, siempre limpio. Tener un huerto sucio, con verduras mal cuidadas, indicaba una dejadez propia de gente de mala calaña, como abandonar el aspecto personal o beber demasiado. Significaba perder la noción del tiempo, en qué momento debe plantarse cada cultivo, la inquietud de lo que pensarán los demás. Ilustres borrachos se redimían gracias a un hermoso huerto, cultivado entre dos cogorzas. Cuando a mi padre se le echaban a perder los puerros o cualquier otra cosa, se desesperaba. Al atardecer vaciaba el orinal en la última hilera abierta por el arado y se indignaba si, al volcarlo, encontraba medias viejas o bolígrafos, que yo había tirado allí por pereza de bajar hasta el cubo de la basura.

Para comer, solo utilizaba su navaja Opinel. Cortaba el pan en pequeños dados que dejaba cerca de su plato para ir picando bocados de queso y embutido, y para mojar en la salsa. Ver que yo dejaba comida en el plato lo amargaba. El suyo hubiera podido guardarse sin lavar. Una vez que acababa de comer, limpiaba la navaja restregándosela en el mono. Si había comido arenques, la hundía en la tierra para quitarle el olor. Hasta finales de los años cincuenta comió sopa por la mañana, después, a regañadientes, empezó a tomar café con leche como quien se rinde a los gustos femeninos. Lo bebía a cucharadas, sorbiendo, como si fuera sopa. A las cinco se hacía su merienda, huevos, rábanos, manzanas asadas, y por la noche se contentaba con un caldo. La mayonesa, las salsas complicadas y los pasteles no le gustaban nada.

Dormía siempre en camisa y camiseta interior. Se afeitaba tres veces a la semana, en el fregadero de la cocina, sobre el que colocaba un espejo, se desabrochaba los primeros botones de la camisa y yo veía su piel, muy blanca a partir del cuello. La instalación de un cuarto de baño, señal de riqueza, empezó a generalizarse después de la guerra, y mi madre hizo poner uno pequeño en la planta de arriba, él jamás lo utilizó y siguió lavándose en la cocina.

En el patio, en invierno, escupía y estornudaba a sus anchas.

Yo habría podido hacer este retrato en cualquier otro momento, en una redacción en la escuela, si no fuera porque describir aquello que tan bien conocía estaba prohibido. Un día, en una clase de primaria, una chica hizo volar su cuaderno con un espléndido estornudo. La profesora, que estaba de cara a la pizarra, se volvió: «Muy fino, sí, señora».

En Y..., nadie de la clase media, comerciantes del centro, oficinistas, quería que le vieran como un recién llegado del pueblo. Parecer pueblerino significa que no has avanzado, que vas con retraso en todo, en la manera de vestir, en la manera de hablar, hasta en la manera de moverse. Una anécdota que gustaba mucho por aquel entonces: un campesino que va a la ciudad a visitar a su hijo se sienta delante de la lavadora, que está funcionando, y se queda allí pensativo, los ojos fijos en la ropa que da vueltas. Después de largo rato se levanta y, sacudiendo la cabeza, le dice a su nuera: «Dirán lo que quieran, pero a la televisión todavía le falta mucho».

Sin embargo, en Y... tampoco se prestaba tanta atención a los modales de los grandes agricultores que aparecían en el mercado con sus Vedette, después en DS y ahora ya con sus Citroën CX. Lo peor era tener la pinta y las maneras de un pueblerino sin serlo.

Él y mi madre se hablaban siempre con tono de reproche, simplemente por la inseguridad que tenían el uno con respecto al otro. «¡Ponte la bufanda por fuera!» o «¡Quédate un momento sentada!», casi como si se insultaran. Siempre se estaban peleando para ver quién había perdido la factura del proveedor de refrescos o había olvidado apagar la luz de la bodega. Ella gritaba más que él porque todo *le quemaba la sangre,* los del reparto que se retrasaban, el secador demasiado caliente en la peluquería, la regla y los clientes. A veces: «Lo que pasa es que tú no estás hecho para ser tendero» (léase: tendrías que seguir siendo obrero). Rozando el insulto, ya perdida su calma habitual: «¡Piltrafa! Tendría que haberte dejado donde estabas». Intercambio semanal de cumplidos:

¡Inútil! - ¡Chiflada!

¡Miserable! - ¡Perra vieja!

Etcétera. Nada importante.

Entre nosotros solo sabíamos hablarnos con gruñidos. El tono educado se reservaba para los de fuera. Podía tanto la costumbre que, si mi padre estaba con otra gente, esmerándose por hablar como es debido, y me veía trepar a un montón de piedras, retomaba el tono brusco para regañarme, su acento y sus amenazas normandas, echando por tierra la buena impresión que quería dar. Él no había aprendido a regañarme de forma distinguida, y yo no me habría creído la amenaza de una bofetada si me la decían discretamente.

Durante mucho tiempo, la cortesía entre padres e hijos siguió siendo todo un misterio para mí. He necesitado también años para «comprender» la exagerada amabilidad con que las personas bien educadas dan los buenos días. A mí me daba vergüenza, no merecía tantos miramientos, hasta llegué a imaginar que se me insinuaban. Después me di cuenta de que esas preguntas, planteadas como si hubiera un interés apremiante, esas sonrisas, no tenían un significado distinto a mantener la boca cerrada mientras se mastica o a sonarse discretamente.

Descifrar esos detalles se me impone ahora como una necesidad más acuciante que cuando los rechacé, segura de su insignificancia. Únicamente una memoria humillada podía permitirme conservarlos. Me doblegué a la exigencia del mundo donde vivo, que se esfuerza por hacerte olvidar los recuerdos del mundo anterior como si fueran algo de mal gusto.

Por las tardes, mientras hacía los deberes en la mesa de la cocina, él hojeaba mis libros, sobre todo los de historia, geografía, ciencias. Le gustaba que le preguntara cosas difíciles. Un día quiso que le hiciera un dictado para demostrarme que tenía buena ortografía. Nunca sabía en qué curso estaba yo, solo decía: «está en la clase de la señorita Untel». El colegio, de monjas por deseo de mi madre, era para él un universo terrible que, como la isla de Laputa en *Los viajes de Gulliver,* flotaba por encima de mí para dirigir mis modales, todos mis gestos: «¡Qué bonito!, ¡si te viera tu profesora!», o también: «Se lo diré a tu profesora, ¡ya verás como ella te hará obedecer!».

Él decía siempre *tu* colegio y pronunciaba el in-ter-na-do, la hermana-sor (nombre de la directora), recalcando las sílabas, con afectada consideración, como si la pronunciación normal de esas palabras y el lugar acotado que evocan supusieran una familiaridad a la que él no creía tener derecho. Se negaba a ir a las fiestas del colegio incluso cuando yo actuaba. Mi madre se indignaba: *«No hay ninguna razón para que no vayas».* Él: «Pero tú sabes de sobra que nunca voy *a esas cosas».*

A menudo, serio, casi trágico: «¡Atiende bien en la escuela!». Miedo a que ese raro favor del destino, mis buenas notas, se desvaneciera de pronto. Cada redacción que hacía bien, cada examen después, era terreno ganado, la esperanza de que yo sería *mejor que él.*

En qué momento ese sueño reemplazó a su propio sueño, aquel que una vez había confesado, de regentar un café en el centro de la ciudad, con terraza, clientes de paso, una máquina de café sobre el mostrador. Falta de capital, una vez más, miedo a lanzarse, resignación. *Qué se le va a hacer.*

Ya no saldrá nunca del mundo dividido en dos del pequeño tendero. En un lado los buenos, los que vienen a comprarle a él; en el otro, los malos, más numerosos, que van a otra parte, a las tiendas reconstruidas del centro. A esos últimos hay que añadir el Gobierno, sospechoso de querer nuestra muerte de pequeños comerciantes en favor de *los grandes.* Incluso dentro de los buenos clientes, una línea divisoria; los buenos, que lo compran todo en la tienda, los malos, que nos insultan al comprarnos el litro de aceite que olvidaron traer de la ciudad. Y de los buenos tampoco hay que fiarse, siempre dispuestos a la infidelidad, persuadidos de que se les roba. El mundo entero confabulado. Odio y servilismo, odio a su propio servilismo. En lo más hondo de sí mismo, el anhelo de todo comerciante, ser el único en toda una ciudad. Íbamos a comprar el pan a un kilómetro de casa porque el panadero de al lado no nos compraba nada.

Votó a Poujade, como una buena apuesta, aunque sin convicción, y considerándolo demasiado «bocazas».

Sin embargo, no era *desdichado*. En la cafetería reinaba siempre un ambiente cálido, la radio sonando de fondo, el desfile de parroquianos desde las siete de la mañana a las nueve de la noche, con sus rituales saludos al entrar, igual que las respuestas. «Buenos días a todos», «Buenos días al que llega». Conversaciones, la lluvia, las enfermedades, la muerte, el paro, la sequía. Constatación de las cosas, la cantinela de lo evidente y, para amenizarlo todo, las clásicas expresiones: «Es culpa mía», «Hasta mañana, jefe», «¡Marchando!».

Vaciar el cenicero, pasar la bayeta por la mesa y un trapo por la silla.

Entre cliente y cliente, a veces sustituía a mi madre en el colmado, sin ganas, porque prefería la vida del café, o quizá no prefería nada salvo cultivar su huerto y hacer chapuzas a su antojo. El olor de la alheña en flor cuando acaba la primavera, los claros ladridos de los perros en noviembre, oír los trenes, señal de que llega el frío, sí, sin duda, todas esas cosas que hacen decir a los que dirigen, mandan y escriben en los periódicos que «esas gentes son felices *a pesar de todo*».

El domingo, baño, ir a misa, por la tarde partidas de dominó o paseo en coche. Los lunes, sacar la basura; los miércoles, el viajante de licores; los jueves, el de alimentación, etcétera. En verano cerraban un día entero para ir a casa de sus amigos, un empleado de ferrocarril, y otro día iban en peregrinación hasta Lisieux. Por la mañana visitaban el Carmelo, el diorama, la basílica, luego restaurante. Por la tarde, los Buissonnets y Trouville-Deauville. Él, con las perneras del pantalón arremangadas, se mojaba los pies junto a mi madre, que se levantaba un poco las faldas. Dejaron de hacerlo porque ya no se llevaba.

Cada domingo, comer algo especial.

Para él, en adelante, la misma vida. Pero la certeza de que *no se puede ser más feliz de lo que ya se es.*

Aquel domingo, él había dormido la siesta. Pasa por delante del tragaluz del desván. Lleva en la mano un libro y va a guardarlo de nuevo en una caja que el oficial de marina tiene en depósito en nuestra casa. Una risita al verme en el patio. Es un libro obsceno.

Una foto mía, estoy sola, fuera, a mi derecha la hilera de cobertizos, los viejos pegados a los nuevos. Seguro que aún no tengo nociones estéticas. Pero, sin embargo, sé sacar partido a mi aspecto: puesta casi de perfil, para disimular las caderas muy marcadas por la falda estrecha y resaltar el pecho, un mechón de cabello me cae sobre la frente. Sonrío para mostrar un aspecto agradable. Tengo dieciséis años. En la parte de abajo, la sombra del torso de mi padre, que tomaba la foto.

Hacía los deberes, escuchaba música, leía, todo en mi habitación. No bajaba más que para sentarme a la mesa. Comíamos sin hablar. En casa nunca me reía. Me dedicaba «a la ironía». En ese tiempo, todo lo que me tocaba de cerca me resultaba extraño. Suavemente, estaba emigrando hacia un mundo pequeñoburgués, admitida en sus guateques con una única pero dificilísima condición, la de no ser *repipi*. Todo lo que me gustaba me parece *palurdo*, Luis Mariano, las novelas de Marie-Anne Desmarest, Daniel Gray, el carmín para los labios y la muñeca ganada en la tómbola, con su vestido de lentejuelas desparramado sobre mi cama. Hasta las ideas de mi entorno me parecen ridículas, *prejuicios*, como por ejemplo: «La policía es necesaria» o «Uno no es un hombre hasta que no ha hecho el servicio militar». Mi universo se había trastocado.

Yo leía literatura «de la auténtica» y copiaba frases, versos, que creía que explicaban mi «espíritu», lo inefable de mi vida, como: «La felicidad es un dios que camina con las manos vacías»..., de Henri de Régnier.

Mi padre entró en la categoría *de gente sencilla* o *buena gente*. Ya no se atrevía a contarme historias de su infancia. Yo ya no le hablaba de mis estudios. Salvo el latín, porque había ayudado a misa, le resultaban incomprensibles y se negaba incluso a hacer como que se interesaba, a diferencia de mi madre. Se enfadaba cuando me quejaba de tener mucho trabajo o criticaba las clases. La palabra «profe» le molestaba, y también «dire» o hasta «libraco». Y siempre el miedo O QUIZÁS EL DESEO de que yo no lo consiguiera.

Le ponía nervioso verme todo el día con la cabeza metida en los libros y los culpaba de mi cara inexpresiva y de mi mal humor. Cuando por las noches veía la luz por debajo de la puerta de mi habitación, decía que estaba consumiéndome la salud. Los estudios, un obligado sufrimiento para llegar a una buena situación y no *acabar con un obrero*. Pero que me gustara romperme la cabeza le parecía sospechoso. Una falta de vitalidad en la flor de la vida. A veces daba la impresión de estar pensando que yo no era feliz.

Ante la familia, ante los clientes, sentía apuro, casi vergüenza, de que yo, con diecisiete años, aún no me ganara la vida; en nuestro entorno, todas las chicas de esa edad ya trabajaban en un despacho, en una fábrica o atendían detrás del mostrador de sus padres. Temía que a mí me tomaran por perezosa, y a él por soberbio. Como excusa: «Nunca la hemos obligado, siempre ha salido de ella». Él decía que yo aprendía bien, nunca que trabajaba bien. Trabajar era algo que se hacía únicamente con las manos.

Para él, los estudios no tenían relación alguna con la vida cotidiana. Lavaba la lechuga aclarándola una sola vez en agua, y a menudo quedaban gusanos. Se escandalizó cuando, aplicando las normas de desinfección que nos dieron en tercero, yo propuse que se lavara varias veces. En otra ocasión, su estupefacción no tuvo límites al verme hablar inglés con un autostopista que un cliente había recogido en su camión. Que yo hubiera aprendido un idioma extranjero sin haber ido nunca al país le resultaba increíble.

Por aquella época empezó a sufrir accesos de ira, no frecuentes pero acentuados por un rictus de odio. Cierta complicidad me unía a mi madre. Las molestias menstruales de cada mes, escoger un sujetador, productos de belleza. Me llevaba de compras a Ruan, a la Rue du Gros-Horloge, y a comer pasteles en Périer, con tenedores pequeños. Ella buscaba la manera de usar mi vocabulario, un *flirt,* ser un *crack,* etcétera. No le necesitábamos.

Las discusiones estallaban en la mesa por cualquier tontería. Yo siempre creía tener razón porque él no sabía *discutir*. Le hacía reparar en cosas sobre su manera de comer o de hablar. Me hubiera dado vergüenza reprocharle que no pudiera enviarme de vacaciones, pero estaba segura de que sí era lícito querer que cambiara sus maneras. Quizás él hubiera preferido otra hija.

Un día me dijo: «Los libros, la música, eso está bien para ti. Yo no los necesito para *vivir*».

El resto del tiempo, su vida discurría tranquila. Cuando yo volvía de clase, estaba sentado en la cocina, cerca de la puerta que daba al café, leyendo el *Paris-Normandie,* la espalda encorvada, los brazos estirados a ambos lados del periódico desplegado sobre la mesa. Levantaba la cabeza:

—Ya está aquí la cría.

—¡Tengo un hambre!

—Ésa es una buena enfermedad. Toma lo que quieras.

Feliz, al menos, de alimentarme. Nos decíamos las mismas cosas que antes, cuando yo era pequeña, nada nuevo.

Yo consideraba que él ya no podía hacer nada por mí. Sus palabras y sus ideas no tenían cabida en las clases de francés o de filosofía, en los ratos que pasaba en los canapés de terciopelo rojo de mis amigas de clase. En verano, por la ventana abierta de mi habitación, oía el ruido de su rastrillo aplanando la tierra removida.

Escribo, quizá porque ya no teníamos nada que decirnos.

Allí donde a nuestra llegada había ruinas, el centro de Y... lucía ahora pequeños edificios de color crema, con tiendas modernas que permanecían iluminadas durante toda la noche. Los sábados y los domingos, todos los jóvenes de los alrededores daban una vuelta por las calles o miraban la tele en los cafés. Las mujeres del barrio hacían la compra del fin de semana en los grandes supermercados del centro. Ahora que mi padre tenía por fin la fachada pintada de blanco y fluorescentes de neón, los propietarios de cafés algo espabilados volvían al entramado normando, a las falsas vigas empotradas y a las viejas lámparas. Tardes enteras contando la recaudación, «podrías regalarles la mercancía que no vendrían a comprarte». Cada vez que se abría una tienda nueva en Y..., él iba a darse una vuelta en bicicleta por allí.

Consiguieron establecerse. El barrio se proletarizó. En lugar de las clases medias, que se fueron a vivir a edificios nuevos con baño, llegó gente de poco poder adquisitivo, jóvenes matrimonios obreros, familias numerosas a la espera de una vivienda de protección oficial. «Ya me pagará mañana, somos todos gente de bien.» Los viejecitos habían muerto y los nuevos ya no tenían permiso para volver borrachos, pero les sucedió una nueva clientela menos alegre, más rápida y de la que paga, de bebedores ocasionales. La impresión de que, ahora sí, regentaban el despacho de bebidas adecuado.

Vino a buscarme al final de unas colonias de verano donde trabajé de monitora. Mi madre gritó «¡yuju!», de lejos, y entonces los vi. Mi padre iba encorvado, agachando la cabeza por culpa del sol. Las orejas como despegadas, algo rojas, seguramente porque acababa de cortarse el pelo. En la acera, delante de la catedral, discutían muy alto acerca de la dirección que debían tomar para regresar. Se parecían a todos los que no están acostumbrados a salir. Una vez en el coche, me di cuenta de que él tenía unas manchas amarillas cerca de los ojos, en las sienes. Por primera vez, durante dos meses, yo había vivido lejos de casa, en un mundo joven y libre. Encontraba a mi padre viejo, crispado. En aquel momento sentí que no tenía derecho a ir a la universidad.

Algo indefinido, un malestar después de comer. Tomaba magnesio, tenía miedo de ir al médico.

Finalmente, en una radiografía, el especialista de Ruan le descubrió un pólipo en el estómago que había que quitar de inmediato. Mi madre le reprochaba continuamente que se preocupara por nimiedades. Encima se sentía culpable por costar dinero (los comerciantes no disfrutaban aún de seguridad social). Decía: «Qué calamidad».

Después de la operación se quedó el menor tiempo posible en la clínica y se repuso poco a poco en casa. Había perdido las fuerzas. Para evitar que se le abriera la herida, ya no podía levantar cajas o trabajar varias horas seguidas en el jardín. A partir de entonces, el espectáculo de ver a mi madre a la carrera entre la bodega y la tienda, llevando las cajas del reparto y los sacos de patatas, trabajando por dos. Así fue como él perdió su orgullo a los cincuenta años. «Ya no sirvo para nada», decía dirigiéndose a mi madre. Quizás en más de un sentido.

Sin embargo, la voluntad de recuperarse, de acostumbrarse también a eso. Se volvió cómodo. Se cuidaba. La comida se convirtió en algo terrible, beneficiosa o perjudicial según le sentara bien o *le repitiera*. Olía el bistec o la pescadilla antes de echarlos a la sartén. Sentía asco solo de ver mis yogures. En las sobremesas de las comidas familiares explicaba sus menús, discutía con los otros sobre guisos caseros y sopas de sobre, etcétera. Al llegar a los sesenta, esa era la conversación de todos los que le rodeaban.

Se daba sus caprichos. Salchichas, un cucurucho de quisquillas, pero esa ilusión de felicidad se desvanecía con los primeros bocados. Al mismo tiempo, hacía siempre como que no quería nada, «voy a comer *media* loncha de jamón», «dame *medio* vaso», así continuamente. Empezó a tener manías, como deshacer el papel de los cigarros, que le sabía mal, y volver a liarlos cuidadosamente en papel Zig-Zag.

Para no *apoltronarse,* los domingos se daban una vuelta en coche a lo largo del Sena, por donde él había trabajado antes, los muelles de Dieppe o de Fécamp. Las manos a lo largo del cuerpo, cerradas, vueltas hacia fuera o juntas, a la espalda. Nunca sabía qué hacer con las manos cuando paseaba. Por la noche esperaba la cena con alegría. «Uno se siente más cansado el domingo que los otros días.» La política, sobre todo el *veremos cómo acaba todo esto* (la guerra de Argelia, el alzamiento militar, los atentados de la OAS), la familiaridad cómplice con *el gran Charles.*

Entré como estudiante de magisterio en la escuela normal de Ruan. Allí estaba sobradamente alimentada, se ocupaban de nuestra ropa y hasta un chico para todo nos reparaba los zapatos. Todo gratis. Él sentía una especie de respeto por ese sistema que se ocupaba de todo. El Estado me ofrecía, de buenas a primeras, mi lugar en el mundo. Que me fuera de la escuela en pleno curso le desorientó. No comprendía que abandonara, por una cuestión de libertad, un lugar tan seguro, donde no me faltaba de nada.

Pasé una larga temporada en Londres. En la distancia, él se convirtió en la certeza de una ternura abstracta. Comenzaba a vivir por mí misma. Mi madre me describía lo que pasaba alrededor. Aquí hace frío, esperemos que no dure mucho. El domingo fuimos a ver a nuestros amigos de Granville. La madre X murió, sesenta años, eso no es ser viejo. No sabía bromear por escrito, en un lenguaje y con unas expresiones que ya le costaban bastante de por sí. Escribir tal como hablaba aún le hubiera resultado más difícil, nunca aprendió a hacerlo. Mi padre firmaba. Yo les respondía en el mismo tono de informe. Hubieran percibido cualquier recreación de estilo como una forma de marcar las distancias.

Regresé y volví a marcharme. Estudiaba en Ruan una licenciatura de letras. Ellos ya no se regañaban tanto, únicamente las observaciones habituales con la acritud de siempre: «Has vuelto a pedir poca Orangina», «No sé qué puedes contarle al cura para estar todo el día metida en la iglesia». Él aún tenía proyectos para que la tienda y la casa ofrecieran un buen aspecto, pero le faltaba cada vez más la percepción de todas las transformaciones que hubieran hecho falta para atraer a clientes nuevos. Se contentaban con la que venía huyendo de los asépticos establecimientos del centro y de la mirada de sus vendedoras observando *cómo vas vestido*. Se acabó la ambición. Se resignó a que su negocio no fuera más que una forma de sobrevivir que desaparecería con él.

Estaba decidido a *disfrutar un poco de la vida*. Se levantaba más tarde, después de mi madre, trabajaba sin agobios en el café, en el jardín, leía el periódico de cabo a rabo, mantenía largas conversaciones con todo el mundo. La muerte aparecía alusivamente, bajo la forma de máximas del tipo: «Todos sabemos lo que nos espera». Cada vez que yo volvía por casa, mi madre decía: «Mira a tu padre, a cuerpo de rey».

Al final del verano, en septiembre, atrapa avispas con su pañuelo en el cristal de la cocina y las tira a la chapa de la plancha encendida. Mueren consumiéndose entre espasmos.

Ni preocupación ni alegría, sencillamente se resignó a verme llevar esa vida insólita, irreal: tener veinte años y más, y seguir en la escuela. «Estudia para ser profesora.» De qué, los clientes no lo preguntaban, lo que cuenta es el título y él tampoco se acordaba. «Letras modernas» no le decía nada, al contrario que matemáticas o español. Siempre temiendo que se me considerara demasiado privilegiada, que los tomaran por ricos al haberme criado así. Pero sin atreverse a reconocer tampoco que estaba becada, entonces habría parecido que ellos tenían la suerte de que el Estado me pagara por no hacer nada con mis diez deditos. Estar asediado siempre por la envidia y los celos, puede que eso fuera lo más evidente de su condición. A veces yo volvía a casa el domingo por la mañana, después de una noche en blanco, y dormía hasta por la tarde. Ni una palabra, casi su aprobación, una chica debe poder divertirse *correctamente,* como si fuera una prueba de que, a pesar de todo, yo era normal. O bien una concepción ideal de que el mundo intelectual y burgués era opaco. Porque cuando la hija de un obrero se casaba embarazada, todo el mundo lo sabía.

En las vacaciones de verano, yo invitaba a Y... a una o dos compañeras de la facultad, chicas *sin prejuicios* de las que afirmaban: «Lo que cuenta es el corazón». Y es que, como quien quiere prevenir una mirada condescendiente sobre su familia, yo advertía: «Mi casa es, ya sabes, *sencilla*». Mi padre era feliz de recibir a esas chicas tan bien educadas, les hablaba mucho, porque no le parecía educado que decayera la conversación, se interesaba vivamente por todo lo que concernía a mis amigas. Lo que se haría para comer era motivo de preocupación, «¿A la *señorita* Geneviève le gustarán los tomates?». Se desvivía. Cuando la familia de una de estas amigas me recibía a mí, yo pasaba a compartir de forma natural un modo de vida que no cambiaba a causa de mi llegada. A entrar en su mundo, que no temía las miradas ajenas y que se me abría porque yo había olvidado las maneras, los hábitos y los gustos del mío. Dando una categoría de fiesta a algo que en esos ambientes no era más que una visita banal, mi padre quería honrar a mis amigas y parecer un hombre de mundo. Y lo que hacía era revelar una inferioridad que ellas percibían, a su pesar, diciendo, por ejemplo: «Buenos días, señor, ¿cómo *estás*?».

Un día, con mirada orgullosa, me espetó: «Jamás te has avergonzado de mí».

A finales del verano, un estudiante de ciencias políticas con quien yo salía *entró en casa*. El rito solemne que consagra el derecho a entrar en una familia, borrado por completo de los ambientes más modernos, libres, donde los compañeros entraban y salían libremente. Para recibir a ese joven, mi padre se puso corbata, cambió su mono azul por un pantalón de domingo. Estaba exultante, seguro de poder considerar a mi futuro marido como a un hijo, de tener con él, más allá de las diferencias de instrucción, una complicidad masculina. Le enseñó su jardín, el garaje que había construido él solo, con sus manos. Una ofrenda de lo que él sabía hacer, con la esperanza de que el muchacho que amaba a su hija reconociese el valor que aquello tenía. De este, le bastaba con que fuera *bien educado,* esa era la cualidad que mis padres apreciaban más, ya que les parecía un logro difícil. No quisieron saber, como habrían hecho en el caso de un obrero, si era trabajador y si no bebía. Tenían la absoluta convicción de que el saber y las buenas maneras eran la marca de una excelencia interior, innata.

Era algo que llevaban esperando quizá desde hacía años, y que ahora ya era una preocupación menos. Seguros ya de que no iba a *quedarme con uno cualquiera* o acabar siendo una *desequilibrada.* Él quiso que sus ahorros sirvieran para ayudar a la joven pareja, deseando compensar con una generosidad infinita la diferencia de cultura y de poder que le separaba de su yerno. «Nosotros ya no necesitamos gran cosa.»

Durante el banquete de bodas, en un restaurante con vistas al Sena, echa la cabeza un poco hacia atrás, con las dos manos en la servilleta desplegada sobre sus rodillas, y sonríe ligeramente, al vacío, como quien se aburre entre plato y plato. Pero esa sonrisa también quiere decir que todo, ese día, está muy bien. Lleva un traje azul de rayas, hecho a medida, y una camisa blanca, por primera vez con gemelos. Tengo esa imagen grabada en la memoria. Yo lo pasaba bien, y me había vuelto a mirarle, segura de que él no se divertía.

Después, él solo nos veía muy de tanto en tanto.

Nosotros vivíamos en una ciudad turística de los Alpes, donde mi marido tenía un cargo en la Administración. Paredes empapeladas de yute, whisky en el aperitivo, música clásica en la radio. Tres palabras corteses a la portera. Me deslicé en esa mitad del mundo para la cual la otra no es más que un decorado. Mi madre escribía: «Podrías venir y descansar un poco en casa», sin atreverse a decir que fuéramos simplemente para verlos a ellos. Iba yo sola, callando las verdaderas razones de la indiferencia de su yerno, razones indecibles, entre él y yo, y que yo había admitido tácitamente. Cómo un hombre nacido en una burguesía universitaria, continuamente irónico, hubiera podido disfrutar en compañía de *buena gente,* cuya amabilidad, que él reconocía, nunca compensaría una carencia esencial para él: una conversación intelectual. En su familia, por ejemplo, si se rompía un vaso, alguien exclamaba enseguida: «¡No lo toquéis, está quebrado!» (verso de Sully Prudhomme).

Cuando bajaba del tren de París, siempre era ella la que me estaba esperando a la salida. Me cogía la maleta a la fuerza: «Es demasiado pesada para ti, tú no estás acostumbrada». En el colmado había una o dos personas, que él dejaba de atender un momento para darme un abrazo brusco. Yo me sentaba en la cocina, ellos se quedaban de pie, mi madre al lado de la escalera, él en el vano de la puerta que daba a la sala del café. A esa hora, el sol iluminaba las mesas, los vasos del mostrador, a veces, en el haz de luz, un cliente nos escuchaba. En la distancia, había despojado a mis padres de sus gestos y sus palabras, cuerpos gloriosos. Ahora escuchaba de nuevo su manera de decir *«a»* en vez de *«elle»*, de hablar alto. Me los encontraba como siempre habían sido, sin esa «sobriedad» de modales, ese lenguaje correcto que ahora me parecían naturales. Me sentía dividida, lejos de mí misma.

Saco de mi bolso el regalo que le traigo. Lo desenvuelve complacido. Un frasco de *aftershave*. Apuro, risas, ¿y esto para qué sirve? Después: «Voy a oler como una fulana». Pero promete ponérselo. Escena ridícula del regalo equivocado. Me dan ganas de llorar como antaño, «¡así que no cambiará jamás!».

Hablábamos de la gente del barrio, los que se habían casado, los que habían muerto, los que se habían ido de Y... Yo les describía el apartamento, a Louis-Philippe, el secretario, los sillones de terciopelo rojo, la cadena de música. Él dejaba de escuchar enseguida. Me había criado para que disfrutara de un lujo que él mismo desconocía, se alegraba, pero para él el colchón Dunlopillo o la cómoda antigua no tenían más interés que el de certificar mi éxito. A menudo lo resumía diciendo: «Haces muy bien en disfrutar».

Nunca me quedaba demasiado tiempo. Él me daba una botella de coñac para mi marido. «Claro que sí, otra vez será.» Siempre el orgullo de no dejar que nada se notase. *La procesión va por dentro.*

El primer supermercado apareció en Y... y atrajo a toda la clientela obrera, por fin podían hacerse las compras sin tener que pedirle nada a nadie. Pero siempre se molestaba al tendero de la esquina para el paquete de café olvidado, la leche fresca y las chucherías de antes de ir a la escuela. Empezó a pensar en vender el negocio. Podrían instalarse en la casa contigua que tuvieron que comprar tiempo atrás a la vez que el local, dos habitaciones, cocina, bodega. Se llevaría buen vino y conservas. Criaría gallinas para tener huevos frescos. Irían a vernos a la Alta Saboya. Ya, a los sesenta y cinco años, gozaba de la satisfacción de tener derecho a la seguridad social. Cuando volvía de la farmacia, se sentaba a la mesa y pegaba los cupones con gran satisfacción.

Vivir le gustaba cada vez más.

Han pasado varios meses desde que, en noviembre, empecé este relato. Me ha llevado mucho tiempo porque poner al día hechos olvidados no me resultaba tan fácil como inventar. La memoria se resiste. No podía contar con los recuerdos que me trajeran el chirriar de la campanilla de una tienda vieja o el olor del melón demasiado maduro, porque en esas cosas solo me encuentro a mí misma; y mis vacaciones de verano en Y...; el color del cielo, el reflejo de los álamos en las aguas del cercano Oise no tenían nada que enseñarme. Es en la manera en que la gente se sienta y se aburre en las salas de espera, se dirige a sus hijos o se dice adiós en los andenes de las estaciones, donde he buscado el rostro de mi padre. En esos seres anónimos con que tropiezo en cualquier parte, portadores, sin saberlo, de signos de entereza o de humillación, he vuelto a encontrar la realidad olvidada de su condición.

Para mí no ha habido primavera, he tenido la impresión de haber estado encerrada desde noviembre en un tiempo invariable, frío y lluvioso, apenas más frío que en pleno invierno. No pensaba en el final del libro. Ahora sé que se acerca. El calor ha llegado a principios de junio. Por cómo huelen las mañanas se sabe que va a hacer buen tiempo. Pronto ya no tendré nada que escribir. Quisiera retardar las últimas páginas, que estuvieran siempre ante mí. Pero ya ni siquiera es posible volver demasiado atrás, retocar o añadir hechos, ni siquiera preguntarme dónde estaba la felicidad. Tomaré un tren por la mañana y no regresaré hasta la noche, como de costumbre. Esta vez les llevo a su nieto de dos años y medio.

Mi madre esperaba a la salida, su chaqueta sastre encima de la bata blanca y un pañuelo en el pelo, que no ha vuelto a teñirse desde mi boda. El niño, mudo de cansancio y desorientado después de ese viaje interminable, se deja abrazar y llevar de la mano. El calor ha bajado un poco. Mi madre camina siempre con pasos cortos y rápidos. De pronto, aminora y exclama: «¡Pero bueno, que hay unas piernecitas con nosotros!». Mi padre nos esperaba en la cocina. No me ha parecido más viejo. Mi madre nos ha hecho notar que había ido la víspera al barbero para hacer los honores a su muchachito. Una escena embarullada, con exclamaciones, preguntas al niño que no esperan respuesta, reproches entre ellos por fatigar a ese pobre hombrecito, disfrutar, sin más. Han rivalizado *a ver de qué lado estaba*. Mi madre le ha llevado ante los tarros de caramelos. Mi padre, al jardín a ver las fresas, después los conejos y los patos. Se apropian del pequeño y deciden todo lo que tenga que ver con él, como si yo me hubiera convertido en una jovencita incapaz de ocuparse de un niño. Acogen con reservas los principios educativos que yo consideraba necesarios, hacer la siesta, nada de dulces. Comimos los cuatro sentados a la mesa contra la ventana, el niño en mis rodillas. Una tarde hermosa y tranquila, como un momento de redención.

Mi antigua habitación conservaba el calor del día. Habían instalado una pequeña cama al lado de la mía para el hombrecito. Tardé dos horas en dormirme después de haber intentado leer. En cuanto la encendí, la lámpara de la mesilla de noche se oscureció con un chisporroteo y la bombilla se apagó. Una lámpara con forma de bola puesta en un pie de mármol, con un conejo de cobre erguido sobre sus patas traseras. En otra época la había encontrado muy bonita. Debía de estar estropeada hacía mucho tiempo. En casa no se llevaba a reparar nada, indiferencia por las cosas.

Ahora ese tiempo ha pasado.

Me desperté tarde. En la habitación de al lado, mi madre le hablaba bajito a mi padre. Luego me explicó que al amanecer había vomitado sin que le diera tiempo ni de llegar al váter. Ella suponía que había sido una indigestión del pollo de la víspera a mediodía. A él le preocupaba sobre todo saber si ya había limpiado el suelo y se quejaba de que le dolía en alguna parte del pecho. Su voz me pareció diferente. Cuando el hombrecito se le acercó no le hizo caso, siguió sin moverse, tumbado de espaldas.

El doctor subió directamente a la habitación. Mi madre estaba despachando. Se reunió con él enseguida y volvieron a bajar los dos a la cocina. Al pie de la escalera, el doctor murmuró que había que llevarle al Hôtel-Dieu de Ruan. Mi madre se derrumbó. Desde el principio me decía: «Lo que pasa es que se empeña en comer lo que no le sienta bien»; y a mi padre, mientras le llevaba agua con gas: «Mira que sabes que eres delicado del estómago». Arrugaba la servilleta limpia que se había usado para la auscultación, con cara de no comprender, negando la gravedad de una enfermedad que al principio no habíamos visto. El doctor rectificó, se podía esperar a la tarde para decidir si mandarlo al hospital, a lo mejor no era más que por culpa del calor.

Fui a buscar los medicamentos. El día se presentaba duro. El farmacéutico me reconoció. Apenas circulaban más coches por las calles que en mi última visita el año anterior. Todo se parecía demasiado a cuando yo era niña como para imaginar a mi padre muy enfermo. Compré verdura para hacer un *ratatouille*. Algunos clientes se preocuparon al no ver al jefe, que no se hubiera levantado aún con el buen día que hacía. Encontraban explicaciones sencillas para su indisposición, poniendo como prueba sus propias sensaciones: «Ayer estábamos por lo menos a cuarenta grados en los huertos, si me hubiera quedado allí, como él, me hubiera desmayado», o «Con este calor es como para no encontrarse bien, yo ayer no comí nada». Al igual que mi madre, parecían pensar que mi padre estaba enfermo por haber querido desobedecer a la naturaleza y hacerse el joven, recibía su castigo, pero mejor que no volviese a hacerlo.

Al pasar cerca de la cama, a la hora de su siesta, el niño preguntó: «¿Por qué está dormidito el señor?».

Mi madre subía entre cliente y cliente. Cada vez que sonaba la campanilla yo la llamaba desde abajo como en los viejos tiempos: «¡Hay gente!», para que bajara a atender. Él solo tomaba agua, pero su estado no empeoraba. Por la tarde, el doctor no volvió a mencionar el hospital.

Al día siguiente, cada vez que mi madre o yo le preguntábamos cómo se encontraba, suspiraba enfadado o se quejaba por no haber comido nada en dos días. El doctor no había bromeado ni una sola vez, como solía hacer, diciendo: «Eso no es más que un pedo atravesado». Creo que, cuando le veía bajar, esperaba oír eso o cualquier otra ocurrencia. Por la tarde, mi madre, con los ojos gachos, musitó: «No sé qué va a pasar». No se había planteado aún la posible muerte de mi padre. Desde la víspera comíamos juntas, nos ocupábamos del niño, sin hablar entre nosotras de su enfermedad. Respondí: «Ya veremos». Cuando yo tenía dieciocho años, recuerdo cómo me soltaba: «Si te ocurre una *desgracia...*, ya sabes lo que tienes que hacer». No era necesario precisar qué desgracia, sabíamos perfectamente tanto la una como la otra de qué se trataba sin haber pronunciado jamás la palabra, quedarse embarazada.

La noche del viernes al sábado la respiración de mi padre se volvió ronca y entrecortada. Después se oyó como un burbujeo muy fuerte, distinto de la respiración. Era horrible, porque no se sabía si provenía de los pulmones o de los intestinos, como si todo el interior estuviera comunicado. El doctor le puso una inyección de calmantes. Se tranquilizó. Por la tarde guardé la ropa planchada en el armario. Por curiosidad, saqué una pieza de dril rosa y la desdoblé en el borde de la cama. Él se incorporó entonces para ver qué hacía y me dijo con esa voz nueva: «Es para retapizar tu colchón, tu madre ya ha renovado este». Retiró la colcha para mostrarme el colchón. Era la primera vez después de su ataque que se interesaba por algo de su entorno. En ese momento pienso que no todo está perdido, que esas palabras son para demostrar que no está muy enfermo; sin embargo, ese esfuerzo por aferrarse al mundo significa precisamente que se está alejando de él.

Luego ya no me habló más. Estaba plenamente consciente, dándose la vuelta para las inyecciones cuando llegaba la monja, respondiendo sí o no a las preguntas de mi madre, si sentía dolor o si tenía sed. De vez en cuando protestaba, como si la clave de la curación estuviera ahí, denegada por no se sabe quién, «si por lo menos pudiera comer». Ya no calculaba cuántos días había estado en ayunas. Mi madre repetía: «Un poco de dieta no le hace daño a nadie». El niño jugaba en el jardín. Yo le vigilaba intentando leer *Los mandarines,* de Simone de Beauvoir. No conseguía concentrarme en la lectura, al llegar a alguna página de ese libro, mi padre ya no viviría. Los clientes preguntaban si había novedades. Hubieran querido saber qué tenía exactamente, un infarto o una insolación, las vagas respuestas de mi madre suscitaban incredulidad, creían que les ocultábamos algo. Para nosotros, el nombre ya no tenía importancia.

El domingo por la mañana me despertó el murmullo de una cantinela, entrecortada de silencios. La extremaunción del catecismo. La cosa más obscena que pueda haber, hundí la cabeza en la almohada. Mi madre debía de haberse levantado muy temprano para conseguir que el cura viniese al acabar su primera misa.

Más tarde subí para estar con él un momento en que mi madre despachaba. Le encontré sentado al borde de la cama, la cabeza colgando, mirando desesperadamente la silla junto a la cama. En el extremo de su brazo sostenía su vaso vacío. Su mano temblaba violentamente. Tardé en comprender que lo que quería era dejar el vaso sobre la silla. Durante interminables segundos solo pude mirar la mano. Su aire de desesperación. Finalmente alcancé el vaso y le acosté de nuevo, metiéndole las piernas en la cama. «Esto puedo hacerlo yo», o «Ya soy bastante mayor, así que esto ya lo hago yo». Me atreví a mirarlo de verdad. Su rostro apenas guardaba relación con el que siempre había tenido para mí. Alrededor de la dentadura postiza —no había querido quitársela— sus labios se arrugaban por encima de las encías. Convertido en uno de esos viejos postrados en las camas del asilo delante de los cuales la directora de la escuela religiosa nos hacía berrear villancicos. Sin embargo, incluso en ese estado, me parecía que aún podía vivir mucho tiempo.

A las doce y media acosté al niño. No tenía sueño y saltaba sobre su cama de muelles con todas sus fuerzas. Mi padre respiraba con dificultad, sus grandes ojos abiertos. Mi madre cerró el café y el colmado hacia la una, como todos los domingos. Subió de nuevo con él. Mientras yo fregaba los platos llegaron mis tíos. Después de haber visto a mi padre se instalaron en la cocina. Les serví café. Oí cómo mi madre caminaba despacio arriba, cómo empezaba a bajar. Creí, a pesar de su paso lento, inhabitual, que venía a tomar café. Nada más bajar la escalera dijo lentamente: «Se acabó».

La tienda ya no existe. Ahora es una casa particular, con sus cortinas de tergal en los antiguos escaparates. El local se extinguió con la marcha de mi madre, que vive en un apartamento cerca del centro. Mandó que pusieran una bonita lápida de mármol en la tumba. «A... D... 1899-1967.» Sobria y que no requiere cuidados.

Por mi parte, yo he acabado de sacar a la luz el legado que tuve que deponer en el umbral al entrar en el mundo burgués y cultivado.

Un domingo después de misa, yo tenía doce años, subí con mi padre la gran escalinata del ayuntamiento. Buscamos la puerta de la biblioteca municipal. Nunca habíamos ido. Para mí era un acontecimiento. No se oía ningún ruido detrás de la puerta. Sin embargo, mi padre la empujó. Reinaba el silencio, más aún que en la iglesia, el parqué crujía y, sobre todo, había aquel olor extraño, antiguo. Desde un mostrador muy alto que interceptaba el paso a las estanterías, dos hombres miraban cómo nos acercábamos. Mi padre me dejó hablar: «Queríamos pedir libros en préstamo». Uno de los hombres respondió enseguida: «¿Qué libros querrán?». En casa no habíamos pensado que hiciera falta saber por adelantado lo que querías, ser capaz de citar títulos como quien cita marcas de galletas. Eligieron por nosotros, *Colomba* para mí y una novela *fácil* de Maupassant para mi padre. No volvimos a la biblioteca. Fue mi madre la que tuvo que devolver los libros, seguramente con retraso.

Me llevaba de casa a la escuela en su bicicleta. Barquero entre dos orillas, bajo la lluvia y el sol.

Quizá su mayor orgullo, o puede que hasta la justificación de su existencia: que yo pertenezca a un mundo que lo había despreciado a él.

Él cantaba: «Gracias al remo, en el fondo, giramos en redondo».

Me acuerdo de un título: *La experiencia de los límites*. Y de mi decepción al leer el principio, no trataba más que de metafísica y de literatura.

Durante todo el tiempo que he estado escribiendo, también he corregido deberes, preparado redacciones, porque para eso me pagan. Ese juego de ideas me causaba la misma impresión que el *lujo,* sentimiento de irrealidad, ganas de llorar.

En octubre del año pasado reconocí, detrás de la caja donde yo estaba haciendo cola con mi carrito, a una antigua alumna. Es decir, que me acordé de que había sido mi alumna hacía cinco o seis años. Ya no recordaba su nombre, ni en qué clase la había tenido. Por decir algo, cuando me tocó el turno le pregunté: «¿Te va bien?, ¿te encuentras a gusto aquí?». Ella me respondió: «Sí, sí». Después de haber marcado las latas de conserva y las bebidas, me dijo con apuro: «El CET no funcionó». Debía de creer que yo aún tenía en la memoria lo que había escogido estudiar. Pero yo había olvidado por qué se la había enviado al CET, y en qué rama. Le dije «adiós». Ella ya estaba alcanzando las siguientes compras con la mano izquierda y tecleaba sin mirar con la mano derecha.

Noviembre 1982 – junio 1983